# ¡Ñam!

# ¡Ñam! ¡Ñam!

Por
## Candace Fleming

Ilustrado por
## G. Brian Karas

Traducido por
## Alejandra Schmidt

LECTORUM
PUBLICATIONS INC.
a subsidiary of Scholastic Inc.
New York

Para Martha y Dan
— G. B. K.

Para Scott y Michael,
mis chicos ñam, ñam, ñam
— C. F.

## ¡ÑAM! ¡ÑAM! ¡ÑAM!

Spanish translation copyright © 2007 by Lectorum Publications, Inc.
Originally published in English under the title MUNCHA! MUNCHA! MUNCHA!
Text copyright © 2002 by Candace Fleming
Illustrations copyright © 2002 by G. Brian Karas

Published by arrangement with Simon & Schuster Books for Young Readers, an imprint of
Simon & Schuster Children's Publishing Division, New York.

For permission regarding this edition,
write to Lectorum Publications, Inc., 557 Broadway, New York, NY 10012.

THIS EDITION TO BE SOLD ONLY IN THE UNITED STATES OF AMERICA AND DEPENDENCIES, PUERTO RICO, AND CANADA.

ISBN-13: 978-1-933032-35-1   ISBN-10: 1-933032-35-9

Printed in China

10 9 8 7 6 5 4 3 2 1

Library of Congress Cataloging-in-Publication Data is available.

Por años, el señor McGreely había soñado con sembrar un huerto. Soñaba con meter las manos en la tierra, cultivar sabrosas verduras y luego devorarlas.

Pero nunca lo había intentado hasta que...

—¡Esta primavera! —dijo el señor McGreely—. ¡Esta primavera, lo prometo, voy a sembrar un huerto!

Entonces cavó,
sembró,
y su huerto crecer observó.

¡Lechugas! ¡Zanahorias! ¡Guisantes! ¡Tomates!
—¡Mmmmm, qué rico! —dijo el señor McGreely—. ¡Muy pronto
me llenaré la barriga con verduras frescas y crujientes!

Pero una noche, cuando el sol se escondió y apareció
la luna, se asomaron tres conejitos hambrientos.

tipi,

tipi,

¡Tipi,

tun!

A la mañana siguiente, cuando el señor McGreely vio los brotes
mordisqueados, se enojó.

Entonces construyó una pequeña cerca de alambre alrededor
del huerto.

–Ahora –afirmó–. ¡Ningún conejo podrá entrar en mi huerto!

El sol se escondió,
apareció la luna, y...

¡Tipi, tipi,
tipi,
tun!

A la mañana siguiente, cuando el señor McGreely vio las hojas masticadas y los brotes mordisqueados, se enojó mucho.

Entonces construyó una alta pared de madera
detrás de la pequeña cerca de alambre
alrededor del huerto.

—¡Ufff! —resopló—.
Esos orejudos
jamás lograrán saltarla.
¡Ahora ningún conejo
podrá entrar en mi
huerto!

El sol se escondió,
      apareció la luna, y...

¡Tipi,
    tipi,
       tipi,
          tun!

A cavar, a escarbar.
¡Scrach! ¡Scrach!
    ¡Scrach!

A la mañana siguiente, cuando el señor McGreely vio los tallos mordidos, las hojas masticadas y los brotes mordisqueados,

se enojó muchísimo.

Entonces hizo una profunda zanja
   por fuera de la alta pared de madera
   detrás de la pequeña cerca de alambre
   alrededor del huerto.
—¡Ufffff! —bufó—. Esos lanudos jamás lograrán cruzarla.
¡Ahora ningún conejo podrá entrar en mi huerto!

A la mañana siguiente, cuando el señor McGreely vio los capullos mascados, los tallos mordidos, las hojas masticadas y los brotes mordisqueados,

# ¡se ENFURECIÓ!

Entonces martilló y bloqueó; aserró y cercó; taladró
y tapó; trancó y clausuró.

Construyó una cosa enorme y gigantesca

delante de la profunda zanja

por fuera de la alta pared de madera

detrás de la pequeña cerca de alambre

alrededor del huerto.

—Ahora estoy seguro de que he sido más listo que
esos bigotudos —exclamó—. Jamás lograrán atravesarla.
No conseguirán pasar por debajo, ni tampoco saltarla.
¡Ahora ningún conejo, de ninguna manera, ni pensarlo,
podrá entrar en mi huerto!

El sol se escondió,
aparecíó la luna, y...

# Tipi, tipi, tipi, ¡ALTO!

Los tres conejitos hambrientos observaron, olfatearon y tocaron

esa cosa enorme y gigantesca que estaba delante de ellos. Y...

# ¡Tipi, tipi, tipi, tun!

Los conejos se alejaron saltando.

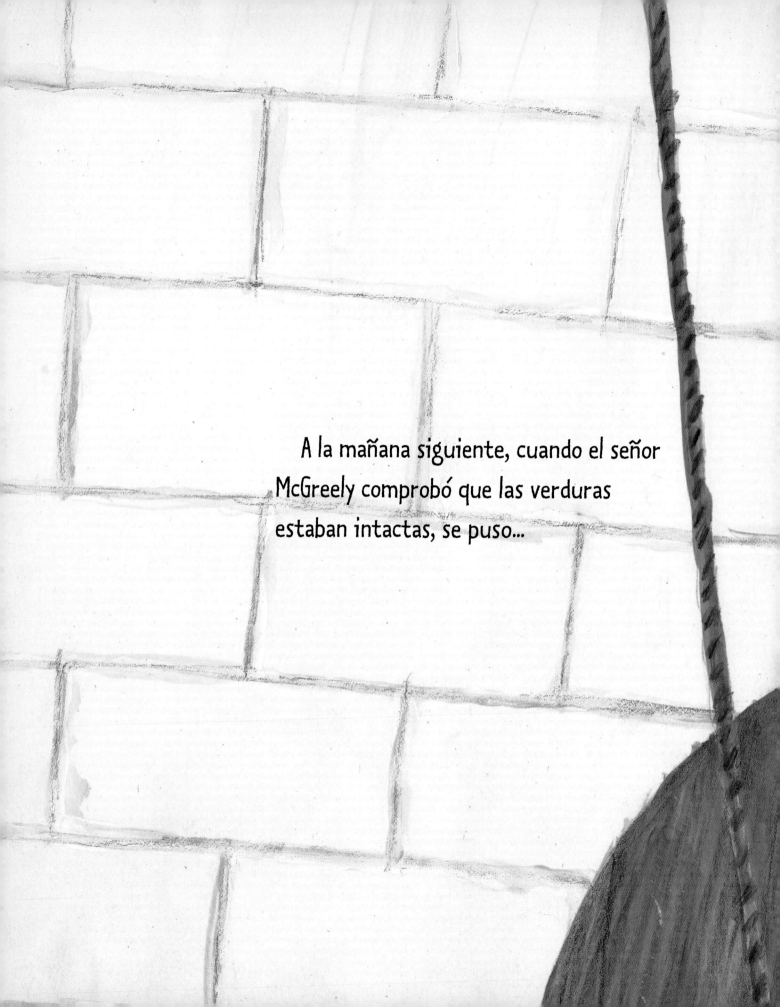

A la mañana siguiente, cuando el señor McGreely comprobó que las verduras estaban intactas, se puso...

¡feliz!

—¡Hurra, les gané a los conejos!
—vitoreó y bailó de alegría.
    Luego escaló,
        saltó,
        se deslizó
y se arrastró hasta que
logró entrar al huerto.
    —¡Ahhhh! —suspiró el señor McGreely—. ¡Por fin!
Relamiéndose los labios, agarró y arrancó lechugas,
zanahorias, guisantes, tomates. Y cuando la canasta
estuvo llena, buscó dentro algo delicioso...

¡Ñam!

¡Ñam!

¡Ñam!